Analyse de l'œuvre

Par Anne-Sophie De Clercq
et Apolline Boulanger

Fahrenheit 451

de Ray Bradbury

lePetitLittéraire.fr

Rendez-vous sur lepetitlitteraire.fr et découvrez :

Plus de 1200 analyses
Claires et synthétiques
Téléchargeables en 30 secondes
À imprimer chez soi

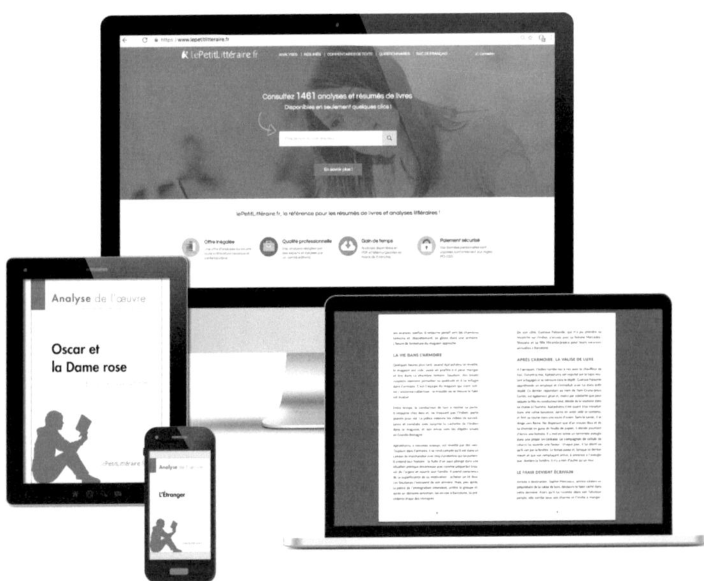

RAY BRADBURY

ROMANCIER, NOUVELLISTE, DRAMATURGE, POÈTE ET SCÉNARISTE AMÉRICAIN

- **Né en 1920 à Waukegan (Illinois)**
- **Décédé en 2012 à Los Angeles**
- **Quelques-unes de ses œuvres :**
  - *Dark Carnival* (1947), recueil de nouvelles
  - *Les Chroniques martiennes* (1950), recueil de nouvelles
  - *Fahrenheit 451* (1953), roman

Romancier, nouvelliste, dramaturge, poète et scénariste américain né en 1920 aux États-Unis, Ray Douglas Bradbury est l'un des auteurs de science-fiction et de fantastique les plus importants du XXe siècle. Ses premières nouvelles furent publiées en 1938 dans des fanzines et son premier livre, paru en 1947, est un recueil de nouvelles intitulé *Dark Carnival*. Ses textes les plus connus sont *Les Chroniques martiennes* (1950) et *Fahrenheit 451* (1953).

Bradbury possède une étoile sur Hollywood Boulevard, et un prix porte son nom : le Ray Bradbury Award for Outstanding Dramatic. Il est décerné de manière ponctuelle depuis 1992 à un scénario d'œuvre de science-fiction (cinématographique, télévisuelle, théâtrale, radiophonique, etc.).

FAHRENHEIT 451

UN REGARD LANCÉ SUR LA SOCIÉTÉ

- **Genre :** roman de science-fiction
- **Édition de référence :** *Fahrenheit 451*, traduit de l'anglais par Jacques Chambon et Henri Robillot, Paris, Gallimard, coll. « Folio SF », 2000, 224 p.
- **1ʳᵉ édition :** 1953
- **Thématiques :** littérature, censure, pouvoir, liberté, révolte, endoctrinement

Publié sous forme de feuilleton puis en volume en 1953 aux États-Unis (en France en 1955), *Fahrenheit 451* est une dystopie, une fiction présentant un monde futur tout à fait négatif, qui a reçu en 1954 le prix Hugo du meilleur roman.

L'histoire est centrée sur le personnage de Montag, un pompier. L'action se passe dans une ville des États-Unis inconnue, à une époque indéterminée. La société y est uniformisée : le bonheur de la population est primordial et est organisé sur les écrans, omniprésents dans tous les foyers. Un seul danger menace la sérénité des êtres humains : les livres, qui provoquent des sentiments néfastes et déclenchent des pensées négatives. Montag est chargé avec ses collègues de les bruler : 451 est, en degrés Fahrenheit, la température à laquelle le papier s'enflamme.

RÉSUMÉ

L'ÉVEIL D'UNE CONSCIENCE

Guy Montag et sa femme, Mildred, vivent selon les normes imposées par la société. Montag est un pompier d'un genre nouveau car, avec son équipe, il est chargé de bruler les livres. Tous sont prohibés dans sa cité : on ne peut ni en lire ni en posséder. Ils n'intéressent d'ailleurs plus personne, chacun étant replié chez lui, avec des écouteurs dans les oreilles, devant les écrans qui recouvrent les murs des salons.

Il présente toutefois une tendance rebelle qui est quelque peu renforcée par ses rencontres fréquentes dans le quartier avec une jeune fille étrange et marginale, Clarisse McClellan, qui aime se promener, discuter, prendre du temps pour penser et surtout lire. Elle partage ses idées avec Montag et lui ouvre la voie de la lecture. Mais elle ne tarde pas à disparaitre (certains la disent morte). Alors, un jour, poussé par sa curiosité, le pompier soustrait plusieurs livres aux autodafés qu'il doit réaliser et les dissimule tout d'abord dans sa maison à l'insu de son épouse. Puis, il propose à sa femme de découvrir l'un des volumes qu'il a récupérés et lui en lit quelques extraits contre son gré. Dès lors, il accomplit ses missions avec de plus en plus de réticence.

Désormais, Montag remet régulièrement en question les structures du monde qui l'entoure, ainsi que les comportements de ses collègues et de sa femme, inconscients de l'endoctrinement dont ils sont victimes et de la guerre qui couve. Alarmé par les réactions de Montag, le capitaine

Beatty intervient et lui explique l'origine et l'importance de sa fonction : il ne se doute pas encore de la dangereuse voie dans laquelle celui-ci s'est engagé.

LE DÉBUT DE LA RÉVOLTE

Montag reprend alors contact avec Faber, un professeur d'anglais à la retraite qu'il avait croisé un an plus tôt dans un parc et avec lequel il avait clandestinement discuté de poésie. Ensemble, ils projettent de réimprimer des livres. Afin de rester en contact, Faber fournit à Montag une oreillette : celle-ci pourrait leur être d'une grande utilité afin de déstabiliser le régime, car elle permettrait d'espionner les pompiers.

Peu à peu, le capitaine Beatty soupçonne Montag d'avoir récupéré des livres. Ce dernier en est bien conscient, mais, tenant à éveiller la conscience des personnes qui l'entourent, il insiste pour faire la lecture à des amies de sa femme qui, le voyant en colère, acceptent pour qu'il se calme et les laisse tranquilles. Plus tard, lorsque Montag se rend à la caserne, il comprend que la brigade est appelée pour une nouvelle intervention dont la cible est sa propre maison. Il a en effet été dénoncé par Mildred et ses amies, ce qu'il ne tarde pas à apprendre.

Sous la menace de Beatty, Montag se voit forcé d'accomplir sa mission et réduit sa maison en cendres après le départ de sa femme. Il actionne le lance-flammes comme un automate, mais, dans un éclat soudain de conscience, il le retourne contre son capitaine avant de prendre la fuite. Désormais criminel, il est poursuivi par le Limier, un robot mi-chien mi-araignée doté d'un aiguillon destiné à injecter des doses de procaïne (un anesthésique) à ceux qu'il traque. Montag parvient à désorienter le robot et, avec beaucoup de chance, à rejoindre le fleuve. Il se laisse porter par le courant, puis suit les rails d'une ancienne ligne ferroviaire.

Il finit par rencontrer un groupe d'anciens professeurs d'université, rebuts de la société, qui vivent en petites communautés itinérantes le long du chemin de fer. Chacun d'eux connait un texte par cœur, le sauvant ainsi de l'oubli. Alors qu'il vient de les rejoindre, la guerre éclate, et une bombe réduit en cendres la ville que Montag vient de laisser derrière lui, offrant un espoir aux survivants de construire un monde différent.

ÉTUDE DES PERSONNAGES

GUY MONTAG

Guy Montag a trente ans. Il vit confortablement avec son épouse, Mildred, dans l'une des maisons uniformisées d'une ville tranquille. Il est pompier ; avec ses collègues, il est chargé de bruler les livres. Il accomplit sa tâche, utile à la société, d'abord avec fierté et plaisir. Mais il se surprend bientôt à voler des livres qui lui font ouvrir les yeux sur sa condition. Grâce à ces ouvrages et à ses discussions avec Clarisse McClellan, il prend peu à peu conscience qu'un autre monde est possible. Il tente de dévoiler ces opportunités à sa femme, puis à ses amies, sans succès. Montag se tourne alors vers un ancien professeur, Faber, qui a pour projet de réimprimer des volumes disparus.

Le jour de sa dernière intervention, c'est sa propre maison (symbole de la vie qu'il a menée jusque-là) que Montag doit bruler. Il le fait, puis tue son capitaine avant de prendre la fuite comme un criminel et de rejoindre une communauté d'intellectuels qui mémorisent les textes afin de les sauvegarder.

On peut distinguer plusieurs phases dans l'évolution du personnage principal :

- il est d'abord un citoyen ordinaire qui prend peu à peu conscience que son bonheur est artificiel ;
- suite à cette prise de conscience, il tente de partager ses pensées et de réagir concrètement ;

- il passe enfin à l'action en choisissant de devenir un hors-la-loi.

Le nom de Montag évoque la lune (*montag* signifiant en allemand « lundi », le jour de la lune), généralement liée à l'eau et aux marées, et opposée au soleil, donc au feu et à la fonction destructrice des pompiers. Le réveil du personnage est d'ailleurs lié à la lune : le soir de sa première rencontre avec Clarisse, il lève les yeux vers cet astre et semble le voir véritablement pour la première fois.

LES POMPIERS

Dans *Fahrenheit 451*, les pompiers exercent la tâche inverse de celle qu'on leur attribue d'ordinaire : au lieu d'éteindre les feux, ils les allument. Plus précisément, ils sont chargés de faire disparaitre les livres (objets interdits et dangereux) dans un brasier, ainsi que leurs propriétaires. Convaincus que leur travail a toujours été le même, la mission dont ils ont la responsabilité a pour but de maintenir l'ordre et de contrôler la société en empêchant tout individu d'avoir une pensée singulière et différente de l'ensemble des citoyens. Parmi les pompiers se distinguent deux collègues de Montag, Stoneman et Black, ainsi que leur supérieur hiérarchique, le capitaine Beatty.

Stoneman et Black

Stoneman et Black accentuent l'image négative donnée par les membres de la caserne. Ignorant comme les autres l'origine de leur métier et l'histoire de la société dans laquelle ils vivent, ils se contentent d'exercer le travail qui leur est confié sans réfléchir. La signification de leurs noms en anglais va d'ailleurs dans ce sens. « *Stoneman* » se traduit littéralement par « homme de pierre » : il évoque un homme inanimé dont le cœur a cessé de battre et dont l'âme est inexistante. Le nom « Black » peut également être perçu comme péjoratif puisqu'il fait référence à la couleur noire, renvoyant à l'obscurité, à l'état d'aveuglement et d'ignorance dans lequel se trouvent les personnages. Ces deux pompiers apparaissent donc comme sans âme ni conscience, ne vivant que pour détruire et effacer l'histoire, figeant la société dans un temps et une pensée uniforme.

Le capitaine Beatty

Le capitaine Beatty dirige les interventions des pompiers. Son nom a également une résonnance péjorative : il vient de l'anglais *to beat* qui signifie « battre ». Il lui confère d'emblée une image violente, autoritaire, mais animée et vivante, contrairement à ses collègues.

Alors que son équipe a la peau noircie par les flammes, la sienne reste rose. Il n'est pas ignorant et figé dans une pensée universelle, mais bien vivant et conscient de ses actes : c'est un homme d'action très cultivé, qui connait l'histoire et a lu énormément de livres, ce qui lui permet de manipuler très facilement son entourage. Antagoniste de Montag, il apparait donc comme un personnage redoutable par son intelligence et par le plaisir qu'il prend à détruire tout obstacle. Ironie du sort, c'est sa tendance manipulatrice qui cause sa perte : lorsqu'il ordonne à Montag de détruire ses livres et sa propre maison en lui donnant le lance-flammes, il lui offre également l'arme qui le mènera à sa perte.

MILDRED MONTAG

La femme de Montag, Mildred (qu'il surnomme Millie) est, à l'instar des pompiers, totalement endoctrinée. Le plus important pour elle est de parvenir à s'offrir un quatrième écran qui recouvrirait le dernier mur libre de son salon afin de pouvoir vivre pleinement avec la « famille », un ensemble d'acteurs qui interagissent virtuellement avec elle. Mildred ne comprend absolument pas l'intérêt de son mari pour les livres, la pensée et le loisir ; par peur, elle ira jusqu'à le dénoncer.

CLARISSE MCCLELLAN

Clarisse est une jeune fille de 17 ans marginale, comme toute sa famille. Elle croit en l'importance du dialogue, des échanges d'idées, de la flânerie, etc. Elle se démarque ainsi du reste de la société qui est noyée dans la technologie.

Clarisse rencontre Montag et lui fait prendre conscience qu'il est possible de vivre autrement, que sa fonction de pompier n'a pas de sens et est même dangereuse pour le véritable bienêtre intellectuel et psychologique de l'être humain.

Lorsqu'elle apparait dans le livre, le vocabulaire utilisé est souvent lié à la blancheur et à la lune, ce qui la lie sémantiquement à Montag. Son prénom rappelle d'ailleurs la clarté.

Elle et Montag se rencontrent toujours durant la nuit, lorsque le pompier revient de son travail, le moment le plus propice à la rêverie, à l'évasion et à la pensée. Elle est le personnage féminin qui s'oppose à Mildred et à ses amies, très heureuses du monde dans lequel elles vivent.

FABER

Faber est un ancien professeur d'anglais qui continue d'apprécier les arts et la lecture malgré l'interdiction. Son nom, emprunté au latin *faber* (qui signifie « avec art », « ingénieux », « artisan »), le présente comme un anticonformiste, la société dépeinte ici rejetant tout repère historique, réflexion, lecture ou création, considérant cela comme néfaste pour le bonheur et l'unité de l'humanité.

Il fait la rencontre de Montag dans un parc un an avant le début de l'histoire et lui récite de la poésie. Ayant besoin d'un instructeur pour éclairer ses lectures, Montag parvient à le retrouver dans une maison où il est confiné et coupé de tout contact avec la société. Ayant retrouvé espoir grâce au pompier révolté, Faber l'aide à fuir la ville et le Limier avant de quitter lui-même les lieux pour partir à la recherche d'un vieil ami imprimeur.

CLÉS DE LECTURE

UN ROMAN D'ANTICIPATION DYSTOPIQUE

Fahrenheit 451 a été écrit durant le premier âge d'or de la science-fiction aux États-Unis (1920-1950). Bradbury est d'ailleurs considéré comme l'un des maitres du genre, bien qu'il ne revendique pas son appartenance à la mouvance (seul *Fahrenheit 451* est, selon lui, un roman de science-fiction, ses autres textes se rapprochant plus de la fantasy).

SCIENCE-FICTION, FANTASTIQUE, MERVEILLEUX ET FANTASY

De plus en plus populaires, les littératures de l'imaginaire sont composées d'une variété de registres. Les plus connus sont :

- la science-fiction. Elle regroupe des ouvrages relatant des évènements fictifs se déroulant dans un futur plus ou moins proche de sa date d'écriture. L'histoire évoque généralement les développements possibles de la société. *Fahrenheit 451* est une œuvre de science-fiction, mais on peut également ment citer dans ce même registre *La Planète des singes* de Pierre Boulle ;
- le fantastique. Une œuvre est qualifiée de fantastique quand des éléments peu vraisemblables, surnaturels, viennent bouleverser le cours du récit se déroulant dans un univers réel. Ils viennent troubler le lecteur qui hésite entre une explica-

tion rationnelle et irrationnelle des faits. Dans ce registre, on peut citer *La Morte amoureuse* de Théophile Gautier, *La Fée aux miettes* de Charles Nodier ou encore *Les Histoires extraordinaires* d'Edgar Alan Poe ;

- le merveilleux. Contrairement au fantastique, le merveilleux renvoie à une histoire se déroulant dans un monde totalement imaginaire et magique, peuplé de créatures chimériques. Totalement détaché de la réalité, il n'est pas remis en cause par le lecteur. Il est le plus souvent utilisé dans les contes comme ceux de Perrault, d'Andersen ou des frères Grimm.

- La fantasy. Ce registre se situe entre le fantastique et le merveilleux. Il renvoie à un monde imaginaire obéissant à des règles qui lui sont propres, mais qui peuvent toutefois s'inspirer du réel. Contrairement au fantastique, les éléments surnaturels sont acceptés par le lecteur. La fantasy est subdivisée en plusieurs sous-catégories dont l'une des plus connues est l'heroic fantasy. Les sagas *Harry Potter* de J. K. Rowling, *Le Seigneur des anneaux* de J. R. R. Tolkien et *Le Trône de fer* de G. R R. Martin appartiennent au registre de la fantasy.

Fahrenheit 451 est un roman d'anticipation et une dystopie : l'auteur imagine une société possible, mais absolument pas idéale. Dans son texte, on peut lire une critique de la société de son temps, de notre société actuelle et de ce que nous risquons d'en faire. On peut comparer ce récit à des textes tels que *Le Meilleur des mondes* d'Aldous Huxley (écrivain anglais, 1894-1963), publié en 1932, ou *1984* de George Orwell (écrivain anglais, 1903-1950), publié en 1949.

Le Meilleur des mondes

Le roman d'Aldous Huxley se passe à Londres, dans un futur lointain où tout est conditionné : les êtres humains sont créés de manière artificielle et sont divisés en plusieurs castes, allant des plus riches, beaux et intelligents, aux plus pauvres laids et stupides. Tout comme dans *Fahrenheit 451*, les hommes sont dirigés par un régime totalitaire prohibant toute notion d'histoire et de subjectivité parmi les individus. Mais quelques réserves contrôlées contiennent encore des hommes vivant en dehors du confort et des prescriptions modernes ; ils sont qualifiés de sauvages. Les rebelles quant à eux, sont exilés sur des iles éloignées comme l'Islande et les iles Falkland, où ils peuvent vivre selon leurs croyances sans endommager le système politique. C'est le sort que subira le protagoniste Bernard et son meilleur ami Helmholz pour leur trop grande curiosité. Il s'agit donc, tout comme *Fahrenheit 451*, d'une dictature épurant une société pour mieux la manipuler.

À côté de l'intrigue générale, les deux œuvres partagent d'autres points communs :

- dans *Le Meilleur des mondes*, les relations charnelles sont autorisées, mais la procréation est interdite ; les êtres humains sont donc tous artificiels. Ce point n'est pas sans rappeler la purification que Mildred subit après son overdose de somnifères : elle est alors comparée à un pantin qui n'a plus rien de naturel ;

* chez Huxley, des gélules distribuées quotidiennement permettent aux individus de maintenir leur joie de vivre ou de plonger dans un sommeil apaisant, les empêchant d'avoir des pensées sombres. C'est une méthode également utilisée par le régime totalitaire dans *Fahrenheit 451* ;
* enfin, dans *Le Meilleur des mondes*, toute personne assez intelligente pour remettre en cause le système est rejetée par ses semblables et est chassée de la société. C'est le sort que connaitra Montag, poursuivi par le Limier.

Toutefois, si *Fahrenheit 451* s'achève sur une supposée renaissance du livre, de l'Histoire et de la société, le dénouement du *Meilleur des mondes* est moins positif : les personnages rebelles sont séparés et exilés auprès d'autres curieux. S'ils sont autorisés à pratiquer les activités qu'ils souhaitent, il n'y a pas d'espoir pour l'humanité, et le dernier opposant à la société, que ses semblables considèrent comme un sauvage, finit par sombrer dans la folie et par se donner la mort.

1984

Comme l'indique son titre, le roman de George Orwell se déroule en 1984, après une guerre nucléaire. Le monde est divisé en trois grands États se livrant bataille. L'histoire se passe à Londres dans l'État d'Océania. La société est totalement endoctrinée, dirigée par Big Brother. La population est surveillée par des télécrans, présents dans chaque foyer. Le personnage principal, Winston Smith, travaille pour le Parti et est chargé de remanier l'Histoire pour qu'elle concorde avec la volonté de l'État et qu'elle justifie ses décisions politiques. Alors que toute pensée singulière et originale est interdite, il décide de relater les faits historiques qu'il connait dans un journal. Un jour, il fait la rencontre d'une jeune femme, Julia, avec qui il a une aventure, ce qui est pourtant interdit par les autorités. Trahis par le propriétaire de la mansarde qu'ils louent, ils sont découverts et, après avoir été torturés et reconditionnés, Winston et Julia sont amenés à être exécutés. On découvre alors que Big Brother est une figure mythique qui n'a pas de réelle existence, tout comme celui qui donne espoir aux résistants, Emmanuel Golstein. Le livre manifeste de ce dernier est en réalité un piège pour retrouver les opposants au régime.

En plus d'avoir en commun un contexte historique post Seconde Guerre mondiale (1939-1945) et renvoyant à la guerre froide (1945-1990), *Fahrenheit 451* et *1984* comportent plusieurs similitudes :

- le personnage principal de ces deux romans est chargé d'œuvrer pour le bien de la dictature, ce qui passe par la destruction ou la manipulation de l'histoire. Il prend ensuite subitement conscience de ce que cela implique, remettant les fondements de la société en question ;
- la société est manipulée et n'a pas conscience de la guerre qui se prépare ;
- dans chacun des deux romans, les médias jouent un rôle très important dans le contrôle de la société. Les télécrans sont chargés d'abrutir les esprits en diffusant continuellement des informations et de la propagande et de surveiller la population. Ils sont présents partout

et dans chaque foyer, de sorte que les individus soient toujours en contact constant avec leur téléviseur.

Ces trois romans usent donc de la science-fiction pour peindre le futur néfaste qui pourrait être le nôtre. Ils s'appuient sur des faits historiques ayant réellement eu lieu et contemporains de leur époque pour fonder leur fiction. Ainsi, ils mettent en garde les lecteurs contre une évolution dangereuse de la société actuelle, les politiques ou phénomènes de masse qu'elle lance.

CONTRÔLE POLITIQUE, CENSURE ET AUTODAFÉ

Ray Bradbury publie son roman en 1953, à une époque où, aux États-Unis, le sénateur McCarthy (1908-1957) lance une chasse aux sorcières contre les communistes et intellectuels sympathisants. En ce début de guerre froide, une pensée unique domine, et la délation, appuyée par la paranoïa ambiante, est encouragée afin de préserver la paix et la tranquillité nationales, comme dans le roman de Bradbury.

LE MACCARTHYSME

Le maccarthysme (du nom du sénateur américain Joseph McCarthy) désigne une politique de persécution et de mise à l'écart de toute personne soupçonnée de sympathies communistes dans l'Amérique des années cinquante. Mis en œuvre dans un climat de psychose, dans le contexte de la guerre froide, il s'est apparenté à une véritable chasse aux sorcières.

Le texte peut évoquer n'importe quel régime totalitaire : qu'il soit hitlérien, chinois ou encore coréen. Il est donc toujours très actuel. D'autant plus que l'intrigue est située dans un lieu et à une époque indéterminée, mais faisant penser à un futur proche dans lequel on retrouve de nombreux objets de notre quotidien, comme les écrans, les métros, etc.

La censure, c'est-à-dire la réduction – ou la suppression – de la liberté d'opinion et d'expression, est une arme à laquelle tous les régimes totalitaires ou obscurantistes ont recours. Elle se pratique de plusieurs manières : à priori (avant publication) ou à postériori, implicitement (durant la période du maccarthysme, elle se manifeste par des menaces ou des rejets) ou explicitement (régulée par des lois). Dans ce dernier cas, elle vise clairement certains ouvrages ou certaines images pour des motifs religieux ou politiques, et les personnes responsables peuvent être punies par la loi.

Dans *Fahrenheit 451*, la censure est poussée à son paroxysme, puisqu'elle concerne tous les livres, quels qu'ils soient. Plus qu'un contenu, c'est un média, un moyen d'expression – celui-là même qui symbolise la culture et le développement de l'humanité – qui est remis en cause. Le fait que les livres soient brulés rappelle la pratique de l'autodafé (de l'espagnol *auto da fe*, « acte de foi »). Apparue au Moyen Âge, elle consistait à incendier les ouvrages considérés comme hérétiques ou païens. Sous l'Inquisition, l'autodafé a, par analogie, désigné la condamnation au bucher de ceux qui étaient accusés d'hérésie.

Plus récemment, les nazis se sont livrés à de grands autodafés, dès 1933, dans de nombreuses villes allemandes (d'abord à Berlin, puis à Dresde, Brême, Francfort, Munich, etc.). Tous les livres dont les auteurs étaient des dissidents ou des Juifs furent détruits sur de gigantesques buchers dressés à la gloire du régime d'Hitler (homme d'État allemand, 1889-1945). Les ouvrages de Karl Marx (théoricien du socialisme et révolutionnaire allemand, 1818-1883), ceux de Sigmund Freud (médecin autrichien, fondateur de la psychanalyse, 1856-1939), de Heinrich Mann (écrivain allemand, 1871-1950), de Stefan Zweig (écrivain autrichien, 1881-1942) ou encore de Bertolt Brecht (poète et auteur dramatique allemand, 1898-1956) passèrent notamment par les flammes.

De manière plus générale, la censure est intimement liée à la question de la liberté d'expression. Cette question reste toujours d'actualité, dans tous les pays du monde, y compris au sein des régimes démocratiques :

- aux États-Unis, dans certaines chansons, des mots susceptibles de heurter la sensibilité de jeunes auditeurs sont censurés et remplacés par des « bips » ;
- avec l'apparition des nouvelles technologies de l'information et de la communication, un site comme WikiLeaks (qui publie des documents confidentiels sous couvert d'anonymat) suscite régulièrement la controverse ;
- en Chine, il est impossible d'accéder à certains sites Internet, de même qu'à Cuba et en Corée du Nord où toutes les communications avec l'extérieur sont pratiquement coupées ;
- Roberto Saviano (né en 1979), l'auteur de *Gomorra*, un livre dénonçant le fonctionnement de la Camorra (la mafia napolitaine), est menacé de mort depuis la publi-

cation de son roman et vit désormais sous protection policière. De nombreux juges ou journalistes italiens ont déjà été exécutés pour avoir osé s'exprimer sur la mafia ;

- de nombreuses personnes sont arrêtées partout dans le monde pour avoir exprimé des idées qui ont déplu au pouvoir en place ; on les appelle les prisonniers d'opinion.

UNE SOCIÉTÉ DE L'IMMÉDIAT CONTRÔLÉE PAR LES MÉDIAS

Nous venons de le voir, la société décrite dans le roman s'apparente à un régime totalitaire, à une dictature à la fois politique et intellectuelle. Elle est politique, car les individus sont contraints à un mode de vie uniformisé où tout est contrôlé et sévèrement réprimé, mais aussi intellectuelle, car les éléments culturels à disposition des citoyens sont très réglementés : toute forme de réflexion ou d'activité intellectuelle est proscrite ; les hommes doivent avoir une pensée uniforme que rien ne doit perturber. Ce climat totalitaire s'est dressé progressivement, et les citoyens ont presque oublié comment la société en est arrivée là. Le capitaine Beatty fait partie des rares personnes qui se souviennent du passé. Il explique à Montag comment, peu à peu, le temps a défilé de plus en plus vite avec l'évolution des médias et les phénomènes de masse.

Si Bradbury a écrit son roman dans les années cinquante, le futur décrit reste proche de la société actuelle :

- les moyens de transport et de communication ont accéléré notre manière de vivre ;

- si le livre et la lecture sont importants de nos jours, de nouveaux loisirs se substituent tout de même en partie à eux ;
- la télévision et toute autre forme d'écran sont devenues omniprésentes dans notre société.

Mais cette évolution est ici poussée à l'extrême, anticipant de manière exagérée sur l'avenir de la société américaine. Dans le récit, les livres se sont raccourcis, jusqu'à disparaitre totalement et à être bannis, jugés dangereux pour l'égalité des hommes, la paix et leur bonheur. Les médias ont endossé un rôle de régulateur entre les individus : ils les placent au même niveau et les rendent égaux, les tenant éloignés de la réalité et des divergences que celle-ci pourrait susciter parmi eux. Ainsi, l'histoire a disparu, laissant place à une société de l'immédiat où tout est figé :

- les gens n'ont plus conscience du contexte ambiant alors que la guerre est sur le point d'éclater ;
- les pompiers ont oublié leur rôle véritable dans la société ;
- le passé proche est également oublié ; Mildred n'est plus capable de se souvenir de sa rencontre avec Montag.

Tout semble être contrôlé par les médias qui ont un pouvoir hypnotique et dévastateur sur les individus. Midred en est le parfait exemple : elle passe ses journées devant les murs écrans de son salon télé et le reste du temps, elle l'occupe à écouter les émissions de radio diffusées dans son écouteur « coquillage ». Elle ne s'interroge pas sur les causes de son malêtre et comble sa frustration en conduisant sa voiture à grande vitesse ou en prenant des somnifères.

UNE ILLUSTRATION DE L'ALLÉGORIE
DE LA CAVERNE DE PLATON

Les êtres humains sont donc très souvent devant leurs écrans à partager des moments avec « la famille », ce réseau social artificiel commun à tous les foyers. Cet enfermement dans les « cavernes électriques » (édition Folio SF, p. 181) fait directement allusion à l'allégorie de la caverne qu'utilise Platon (philosophe grec, 427-348/347 av. J.-C.) dans *La République*. Elle raconte l'histoire de plusieurs hommes enfermés dans les profondeurs d'une caverne, privés de tout mouvement, totalement entravés. Ils sont contraints d'observer les ombres qui se dessinent sur la paroi de la caverne située face à eux, prenant ce qu'ils perçoivent pour la réalité. L'un d'entre eux réussit à se libérer et part à la découverte de ce à quoi ils tournent le dos. Il découvre alors que derrière eux se tenaient un mur, des figurines, et un feu faisant danser leurs formes sur les parois de la caverne. Tout n'était en fait qu'ombres et subterfuges, et l'homme n'en croit pas ses yeux. Peu à peu, il parvient à remettre en cause suffisamment ses connaissances pour sortir de la caverne. Il découvre alors la véritable lumière – celle du soleil – et la vérité. Lorsque l'homme retourne dans la grotte et raconte ce qu'il a vu aux autres, ces derniers ne le croient pas, hostiles au fait que ce qu'ils voient depuis toujours soit en fait une illusion, une fausse réalité, et préfèrent rester dans le monde qu'ils connaissent.

Montag s'apparente à cet homme qui a voulu rompre les liens le tenant prisonnier d'une société bercée d'illusions. Il tente de faire entendre raison à sa femme, mais Mildred préfère rester enfermée dans son salon télé, ne voulant rien entendre de la prétendue réalité dénoncée par son mari. Les murs écrans, quant à eux, évoquent les parois de la grotte qui représentent une réalité déformée, construite de toutes pièces et sans issue.

Les hommes préfèrent vivre dans leur confort, tournant le dos à la connaissance que symbolisent les livres, mais aussi à la réalité ici très violente : la société est en guerre, et ses citoyens en sont à peine conscients. Au terme de l'histoire, alors que la guerre éclate, il est plus important de montrer au public qu'un prétendu Montag a été rattrapé par le Limier, alors qu'au-dessus de la ville, les bombardiers déchirent le ciel, prêts à démarrer les hostilités.

Dans le roman et dans l'allégorie, on retrouve deux feux : l'un est destructeur et illusoire (celui du lance-flammes et du feu allumé dans la grotte), le second donne espoir et guide les hommes vers la connaissance (celui du feu de camp et du soleil).

L'ALLÉGORIE

L'allégorie est une figure de style. Elle se sert d'une histoire ou d'une image afin de rendre compte plus facilement d'une idée abstraite ou complexe. Dans *La République*, Platon se sert de celle de la caverne pour expliquer la position délicate du philosophe face à la société et à la lumière de la connaissance qu'il tente de partager avec elle.

UN UNIVERS INFERNAL

À la lecture du livre, on réalise que bon nombre de détails renvoient aux enfers, qu'ils soient païens ou chrétiens.

Le feu règne en maitre dans cet univers, et ce dès les premières pages. La salamandre et le phénix, animaux mythiques maitrisant les flammes, sont présents sur l'uniforme de Montag. La figure du serpent est, elle aussi, omniprésente : le lance-flammes est qualifié de « python » (édition Folio SF, 2010, p. 22), la pompe qui draine la mélancolie de Mildred et lui injecte du sang neuf est comparée à un « cobra » (*id.*, p. 34), la forme du métro évoque celle d'un serpent.

Montag semble possédé par le mal, une « flamme orange dans les yeux » et « un sourire farouche toujours prisonnier des muscles de son visage » (*id.*, p. 22).

En outre, beaucoup d'éléments renvoient à un monde souterrain : Montag prend le métro pour se rendre au travail ; les salons télé sont apparentés à des « cavernes électrique » (*id.*, p. 181) Enfin, la banlieue où vit le protagoniste est comparée à un cimetière aux escaliers « crémeux » (*id.*, p. 22), sa chambre à coucher est apparentée à une crypte (il y trouve d'ailleurs sa femme presque morte).

On relève également des particularités propres aux enfers païens :

- le Limier. Ce robot traqueur et tueur n'est pas sans rappeler le chien à trois têtes des enfers, Cerbère, qui pourchasse les intrus. Il identifie peu à peu Montag comme un imposteur et semble prêt à le chasser ;

- le fleuve. C'est en passant par ce dernier que Montag peut espérer quitter la ville et échapper au Limier. Il pourrait donc représenter le Styx, fleuve bordant l'entrée des enfers gardée par Cerbère, passage vers le monde des vivants.

Cette métaphore des enfers accentue le côté néfaste de la société : elle ne contient que des âmes mortes, sans conscience propre, contrôlée par la crainte, la violence et l'ignorance du reste du monde.

LE LIVRE COMME PÉCHÉ ORIGINEL

Dans cette société, le livre apparait comme un danger car il pourrait permettre à l'homme de s'émanciper de la doctrine intellectuelle imposée et faire ses propres choix, semant le doute parmi ses semblables. Dès les premières pages, il est présenté comme le fruit du diable qu'il ne faut pas gouter. Si cet objet intrigue déjà beaucoup Montag, c'est Clarisse qui l'incite à la lecture et le tente, lui offrant en quelque sorte le fruit défendu, une arme redoutable capable de détruire la société. Pour autant, celle-ci apparait comme impossible à sauver. Montag n'a donc qu'une seule possibilité pour s'en sortir : la fuite.

Si la société décrite est inquiétante, elle n'est pas pour autant dénuée d'espoir. En effet, le personnage de Montag incarne une idée de renouveau :

- il redonne courage à Faber qui l'aide à fuir cette société infernale ;

- il renait dans un univers différent lorsqu'il revêt de nouveaux vêtements (ceux de Faber) et passe le fleuve. Cette traversée symbolise à la fois le passage des enfers au monde des vivants, mais peut être également vue comme une renaissance, une résurrection.

Après cette traversée, Montag apparait comme un prophète. Le seul livre dont il se souvient est un passage de la Bible : l'Ecclésiaste. Il apparait donc comme le seul capable de faire revivre les saintes paroles, de les réécrire. Il est la Bible, et c'est lui qui conduit les résistants vers les cendres de la ville pour la reconstruire : le phénix, figure du feu présente sur son ancien uniforme, est prêt à renaitre de ses cendres. L'homme s'apprête à bâtir une nouvelle ville, à se souvenir et à réécrire autant de livres que possible.

Votre avis nous intéresse !
Laissez un commentaire sur le site de votre librairie en ligne
et partagez vos coups de cœur sur les réseaux sociaux !

PISTES DE RÉFLEXION

QUELQUES QUESTIONS POUR APPROFONDIR SA RÉFLEXION...

- Que signifie le nom de Montag ?
- Grâce à leur patronyme, on devine que les collègues de Montag (Black, Stoneman et Beatty) sont des personnages négatifs. Pourquoi ?
- Pourquoi, selon vous, les livres ont-ils été prohibés et non d'autres formes de divertissement ou de médias ?
- Que raconte l'allégorie de la caverne de Platon ? Quels éléments peuvent y faire référence dans l'œuvre étudiée ?
- Dans quelle mesure la société décrite fait-elle référence aux enfers ?
- Quel parallèle peut-on établir entre cette œuvre et la société actuelle ?
- Justifiez l'appartenance de ce texte à la science-fiction.
- Contre quoi Bradbury tourne-t-il sa critique ?
- Quel lien peut-on établir entre cette œuvre et le maccarthysme ?
- Ce texte peut-il évoquer n'importe quel régime totalitaire ? Justifiez votre réponse. Citez des exemples de pays où la liberté d'expression est encore bafouée aujourd'hui.

POUR ALLER PLUS LOIN

ÉDITION DE RÉFÉRENCE

- Bradbury R., *Fahrenheit 451*, Paris, Gallimard, coll. « Folio SF », 2000.
- Bradbury R., *Fahrenheit 451*, traduit de l'américain par Jacques Chambon et Henri Robillot, Paris, Gallimard, coll. « Folio SF », 2010.

ÉTUDES DE RÉFÉRENCE

- Grenier C., *La Science-fiction, lectures d'avenir*, Nancy, Presses universitaires de Nancy, 1994.
- Huxley A., *Le Meilleur des mondes*, trad. Jules Castier, Paris, Pocket, 2013.
- Orwell G., *1984*, trad. Audiberti, Paris, Gallimard, coll. « folio », 1972.
- Platon, *La République*, livre VII, Paris, Nathan, 1990.
- Schmitt D., *Antéversion. Ce qu'il faut retenir du futur. Entre sciences et fiction*, Paris, Fauves Éditions, 2016.
- Silhol L. (dir.), *Fantastique, fantasy, science-fiction : mondes imaginaires, étranges réalités*, Paris, Autrement, 2015.

ADAPTATIONS

- *Fahrenheit 451*, film de François Truffaut, avec Oskar Werner, Julie Christie, Cyril Cusack, Anton Diffring, Royaume-Uni, 1966.

- Questionnaire de lecture sur *Fahrenheit 451* de Ray Bradbury

www.lepetitlitteraire.fr

ISBN version numérique : 978-2-8062-1766-0
ISBN version papier : 978-2-8062-1270-2
Dépôt légal : D/2013/12603/324

Avec la collaboration d'Apolline Boulanger pour l'analyse des pompiers et de Faber, ainsi que l'encadré « Science-fiction, fantastique, merveilleux et fantasy », les chapitres « *Le Meilleur des mondes* », « *1984* », « Une société de l'immédiat contrôlée par les médias », « Une illustration de l'allégorie de la caverne de Platon », « Un univers infernal » et « Le livre comme péché originel ».

Conception numérique : Primento,
le partenaire numérique des éditeurs.

Ce titre a été réalisé avec le soutien de la Fédération Wallonie-Bruxelles, Service général des Lettres et du Livre.

Retrouvez notre offre complète sur lePetitLittéraire.fr

- des fiches de lectures
- des commentaires littéraires
- des questionnaires de lecture
- des résumés

ANOUILH
- Antigone

AUSTEN
- Orgueil et Préjugés

BALZAC
- Eugénie Grandet
- Le Père Goriot
- Illusions perdues

BARJAVEL
- La Nuit des temps

BEAUMARCHAIS
- Le Mariage de Figaro

BECKETT
- En attendant Godot

BRETON
- Nadja

CAMUS
- La Peste
- Les Justes
- L'Étranger

CARRÈRE
- Limonov

CÉLINE
- Voyage au bout de la nuit

CERVANTÈS
- Don Quichotte de la Manche

CHATEAUBRIAND
- Mémoires d'outre-tombe

CHODERLOS DE LACLOS
- Les Liaisons dangereuses

CHRÉTIEN DE TROYES
- Yvain ou le Chevalier au lion

CHRISTIE
- Dix Petits Nègres

CLAUDEL
- La Petite Fille de Monsieur Linh
- Le Rapport de Brodeck

COELHO
- L'Alchimiste

CONAN DOYLE
- Le Chien des Baskerville

DAI SIJIE
- Balzac et la Petite Tailleuse chinoise

DE GAULLE
- Mémoires de guerre III. Le Salut. 1944-1946

DE VIGAN
- No et moi

DICKER
- La Vérité sur l'affaire Harry Quebert

DIDEROT
- Supplément au Voyage de Bougainville

DUMAS
- Les Trois Mousquetaires

ÉNARD
- Parlez-leur de batailles, de rois et d'éléphants

FERRARI
- Le Sermon sur la chute de Rome

FLAUBERT
- Madame Bovary

FRANK
- Journal d'Anne Frank

FRED VARGAS
- Pars vite et reviens tard

GARY
- La Vie devant soi

GAUDÉ
- La Mort du roi Tsongor
- Le Soleil des Scorta

GAUTIER
- La Morte amoureuse
- Le Capitaine Fracasse

GAVALDA
- 35 kilos d'espoir

GIDE
- Les Faux-Monnayeurs

GIONO
- Le Grand Troupeau
- Le Hussard sur le toit

GIRAUDOUX
- La guerre de Troie n'aura pas lieu

GOLDING
- Sa Majesté des Mouches

GRIMBERT
- Un secret

HEMINGWAY
- Le Vieil Homme et la Mer

HESSEL
- Indignez-vous !

HOMÈRE
- L'Odyssée

HUGO
- Le Dernier Jour d'un condamné
- Les Misérables
- Notre-Dame de Paris

HUXLEY
- Le Meilleur des mondes

IONESCO
- Rhinocéros
- La Cantatrice chauve

JARY
- Ubu roi

JENNI
- L'Art français de la guerre

JOFFO
- Un sac de billes

KAFKA
- La Métamorphose

KEROUAC
- Sur la route

KESSEL
- Le Lion

LARSSON
- Millenium I. Les hommes qui n'aimaient pas les femmes

LE CLÉZIO
- Mondo

LEVI
- Si c'est un homme

LEVY
- Et si c'était vrai…

MAALOUF
- Léon l'Africain

MALRAUX
- La Condition humaine

MARIVAUX
- La Double Inconstance
- Le Jeu de l'amour et du hasard

MARTINEZ
- Du domaine des murmures

MAUPASSANT
- Boule de suif
- Le Horla
- Une vie

MAURIAC
- Le Nœud de vipères

MAURIAC
- Le Sagouin

MÉRIMÉE
- Tamango
- Colomba

MERLE
- La mort est mon métier

MOLIÈRE
- Le Misanthrope
- L'Avare
- Le Bourgeois gentilhomme

MONTAIGNE
- Essais

MORPURGO
- Le Roi Arthur

MUSSET
- Lorenzaccio

MUSSO
- Que serais-je sans toi ?

NOTHOMB
- Stupeur et Tremblements

ORWELL
- La Ferme des animaux
- 1984

PAGNOL
- La Gloire de mon père

PANCOL
- Les Yeux jaunes des crocodiles

PASCAL
- Pensées

PENNAC
- Au bonheur des ogres

POE
- La Chute de la maison Usher

PROUST
- Du côté de chez Swann

QUENEAU
- Zazie dans le métro

QUIGNARD
- Tous les matins du monde

RABELAIS
- Gargantua

RACINE
- Andromaque
- Britannicus
- Phèdre

ROUSSEAU
- Confessions

ROSTAND
- Cyrano de Bergerac

ROWLING
- Harry Potter à l'école des sorciers

SAINT-EXUPÉRY
- Le Petit Prince
- Vol de nuit

SARTRE
- Huis clos
- La Nausée
- Les Mouches

SCHLINK
- Le Liseur

SCHMITT
- La Part de l'autre
- Oscar et la
  Dame rose

SEPULVEDA
- Le Vieux qui
  lisait des romans
  d'amour

SHAKESPEARE
- Roméo et Juliette

SIMENON
- Le Chien jaune

STEEMAN
- L'Assassin
  habite au 21

STEINBECK
- Des souris et
  des hommes

STENDHAL
- Le Rouge et
  le Noir

STEVENSON
- L'Île au trésor

SÜSKIND
- Le Parfum

TOLSTOÏ
- Anna Karénine

TOURNIER
- Vendredi ou
  la Vie sauvage

TOUSSAINT
- Fuir

UHLMAN
- L'Ami retrouvé

VERNE
- Le Tour
  du monde
  en 80 jours
- Vingt mille
  lieues sous
  les mers
- Voyage au
  centre de
  la terre

VIAN
- L'Écume des jours

VOLTAIRE
- Candide

WELLS
- La Guerre des
  mondes

YOURCENAR
- Mémoires
  d'Hadrien

ZOLA
- Au bonheur
  des dames
- L'Assommoir
- Germinal

ZWEIG
- Le Joueur
  d'échecs